U0041050

活

烏龍院　精彩大長篇

4

寶

漫畫
敖幼祥

人物介紹

烏龍大師兄

體力武功過人的大師兄,最喜歡美女,平常愚魯但緊急時刻特別靈光。

大頭胖師父

菩薩臉孔的大頭胖師父,笑口常開,足智多謀。

烏龍小師弟

鬼靈精怪的小師弟,遇事都能冷靜對應,很受女孩子喜愛。

長眉大師父

大師父面惡心善,不但武功蓋世、內力深厚,而且還直覺奇準喔。

活寶

長生不老藥的藥引──千年人參所修煉而成的人參精，正身被秦始皇的五名侍衛分為五部份，四散各處，人參精的靈魂被烏龍院小師弟救出，附身在苦菊堂艾飛身上。

艾飛

苦菊堂艾寡婦之女，個性調皮搗蛋，後來被活寶附身，和烏龍院師徒一起被捲入奪寶大戰，必須以五把金鑰匙前往五個地點找出活寶正身。

五把金鑰匙

金鑰匙，位於鐵桶坡。　　木鑰匙，位於五老林。　　水鑰匙，位於青春池。　　火鑰匙，位於地獄谷。　　土鑰匙，位於極樂島。

艾寡婦

斷雲山腳苦菊堂的老闆，其夫進入斷雲山尋找活寶後一去不回，女兒艾飛又被活寶附身。

鐵蓮堡主

美麗而個性堅毅，很欣賞烏龍大師兄，帶領鐵堡大隊人馬一再征討鐵堡宿敵——二齒魔。

鐵盲公

鐵堡頂尖鑄作，製造了對抗二齒魔的鐵金剛，四十年前被二齒魔弄瞎雙眼，後來被活寶治癒。

鐵　柱

鐵堡第一勇士，鐵堡警衛團隊長，忠心耿耿，單方愛慕鐵蓮堡主。

鐵　釘

鐵堡勇士，對被活寶附身的艾飛一見鍾情，跟小師弟既是情敵又是好夥伴。

午門屠刀

鐵蓮堡主為了擊敗二齒魔而聘來的兇惡殺手團。

二齒魔

千年不死的兔妖，復原能力超強，是鐵堡的心腹大患。

林公公

掌管刑部的太監林公公，有「末日閻羅」之稱，其實與葫蘆幫是同夥，幕後老大則身分不明……

鐵葫蘆——胡阿露

葫蘆幫的大姊頭，老謀深算，
拿手絕招是「大力吸引功」。

馬 臉

胡阿露的部下，臉長無比，
最愛烏龍大師兄的光頭。

糖葫蘆、甜葫蘆、蜜葫蘆

胡阿露的部下，看起來是三個天真的小女孩，其實身懷邪門武功。

木雕行老闆

神木村村民，
見錢眼開的木
雕行老闆。

荷包蛋

神木村第一雕刻師父
林天一之妻，林天一
入五老林尋找木材失
蹤後便一直守寡。

春 卷

神木村村民，荷
包蛋的朋友，其
夫亦為木雕師，
堅持入山尋找失
蹤的弟兄。

四小姐

數年前來到神木村
的神祕女子，住在
五老林內，木雕技
術高超，身邊總是
跟著一隻白虎。

目録

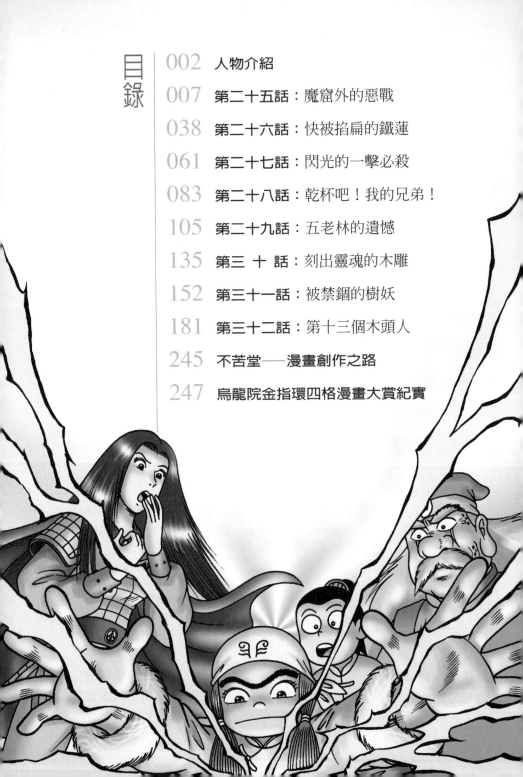

魔窟外的惡戰

刀光爪影人兔瘋狂大亂鬥

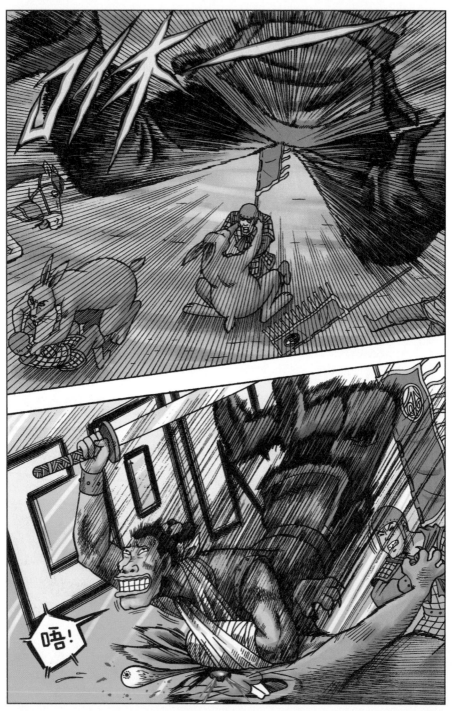

他救出
堡主啦！

英雄！
英雄！

我明白
了！

劍身遇到
血之後居
然冒出熱
氣！

使用這把
怪劍是要
用刺的！

哇！我心愛的
馬快被拉進地
穴了！

堡主放心！讓我用血劍來解救牠！

啊！

好有魄力的氣勢！

鐵堡就需要這樣的男人……

噠！

堡主！我才是真正能夠保護你的男人！

鐵柱來也！

呸

噠

蹬！

蹬

第 26 話

快被招扁的鐵蓮

猛男英雄救美，堡主驚險度危機

碎骨踢！！

踢錯對象啦！

大師兄！

鐵柱隊長的一腳能踢死一隻牛！

真要命啦！

我犯下重大的錯誤。

在這重要的時刻踢扁了重要的腦袋。

放開我！
死兔子！

鐵柱！

我保護不
了你⋯⋯

快點站起
來！

你是在開
玩笑吧！

腿斷了怎
麼站？

你是鐵
堡第一
勇士。

是嗎？

沒有你
我怎麼
辦？

慢著！

要帶她走先過我這一關！

喔！來得這麼快？

我還沒站穩！

欺負人家一隻腳！

折

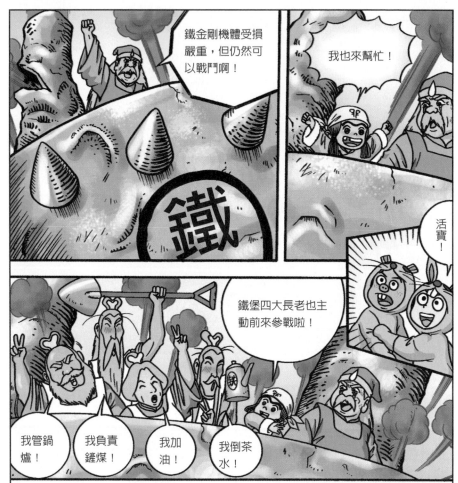

鐵金剛機體受損嚴重，但仍然可以戰鬥啊！

我也來幫忙！

活寶！

鐵堡四大長老也主動前來參戰啦！

我管鍋爐！

我負責鏟煤！

我加油！

我倒茶水！

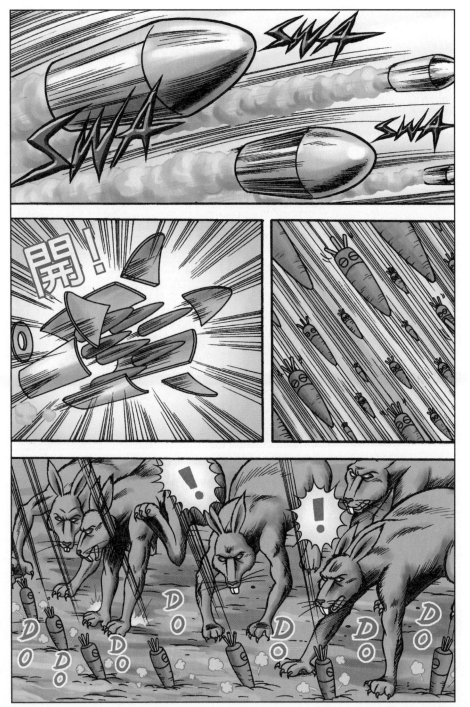

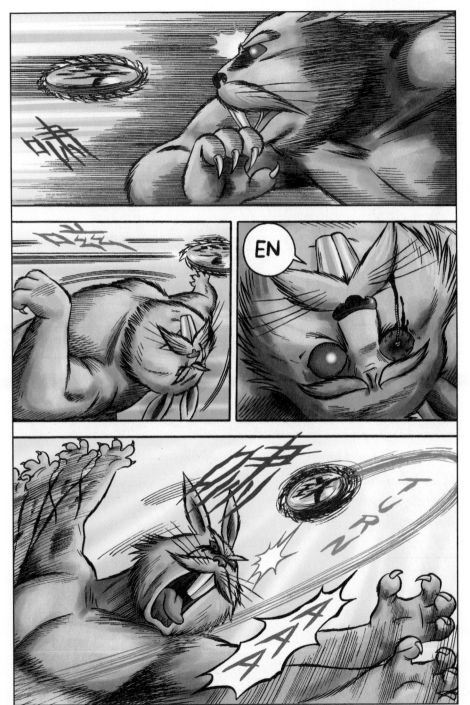

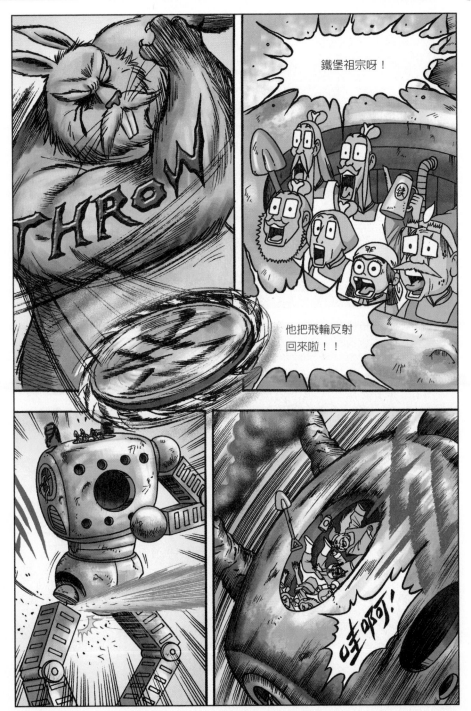

活寶！

鐵盲公！

哎喲喂呀！摔得暈頭轉向。

死光頭快醒醒！

舔 舔 舔

大事不妙啦！

她一個人衝向二齒魔啦！

簡直是拿雞蛋砸石頭！

孤注一擲！讓命運來做抉擇吧！

殺

第 27 話

閃光的一擊必殺

鐵金剛再戰殺場，同心協力滅兔魔

堡主刺中了!

刺錯方位啦!

心臟是在左邊。

命運在捉弄人嗎?

這是……右邊?

傷口燃燒了！鐵血劍如果刺對地方就能燒斷他的心脈。

那就是他的罩門死穴。

立刻行動！

拯救鐵蓮堡主！

奪回鐵血神劍！

光頭！奮戰吧！

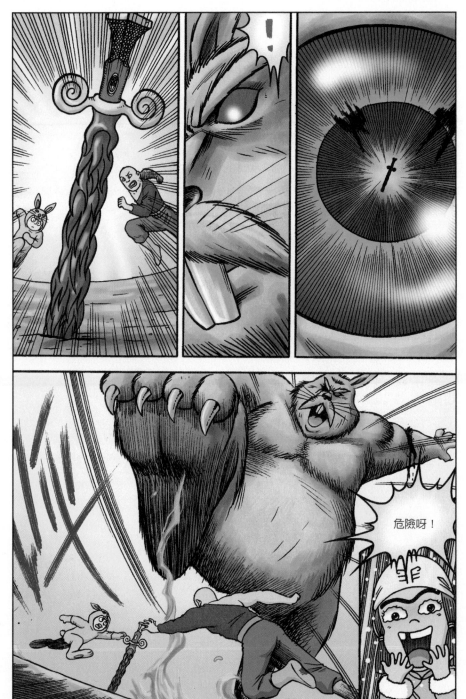

危險呀！

慘！來不及啦！

師弟，快拔劍！

追上來啦！

他踩不到的！

師弟放心，我罩得住！

兔子追不上我的！

師 弟

你敢把我甩掉？

我不是故意的！

糟！

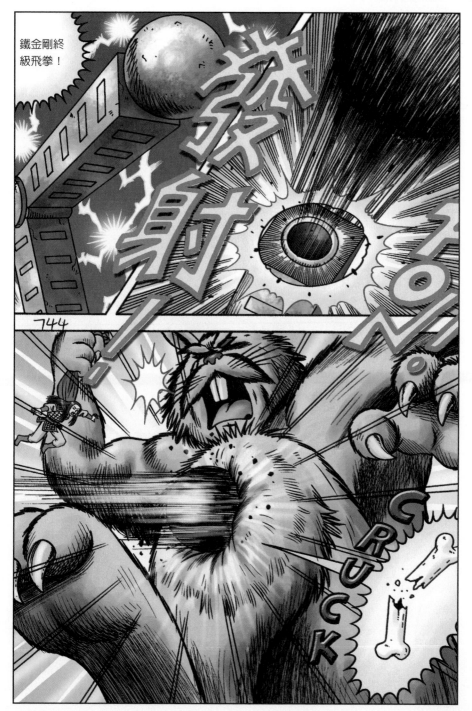

哼 哼 哼

什麼主意？

停下來！
停下來！

我想到一個
好主意。

咱們來製造「驢
式飛彈」！

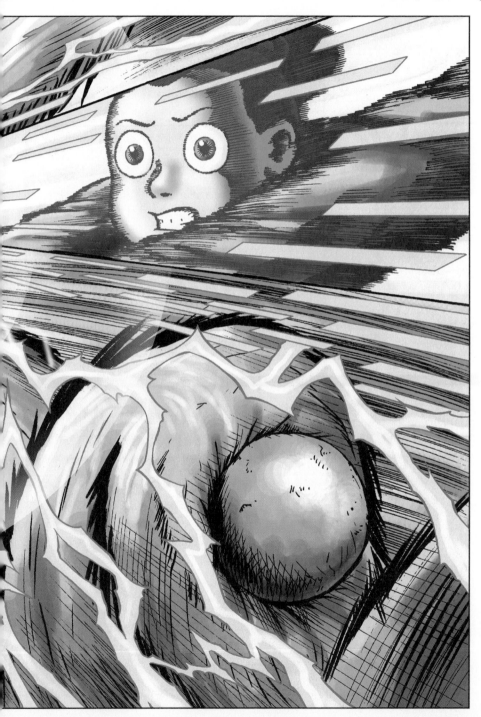

堡主！

這是什麼？

第 28 話

乾杯吧！我的兄弟！

全勝凱旋，痛快地狂醉一場

烘 咳咳咳

小子！咱們鐵堡米酒可是很來勁的喲！

這一杯，我要敬烏龍師兄弟，感謝你們冒險相助。

呀！一口吞！

好厲害的酒量！

我怎能在現場輸給女生！

乾了！

既然堡主如此賞面！

我就回敬你！

一罈！

喂！你別逞英雄！

師父囑咐過，你酒品很差，醉了會丟臉。

師父不在，這裡我最大。

鐵堡的男人有這麼豪爽就好啦！

糟糕！這句話得罪人了。

什麼話？

我鐵柱浴血奮戰沒叫過一個痛字！

像我這般豪爽男人哪一點輸給那個臭光頭？

鐵英雄

剿兔戰勝利紀念

勝利紀念

GON! GON!

你……

咳

咳

晃 晃

臭光頭還敢譏笑我？

一腳踹死你

鐵柱是咱們鐵堡的第一勇士。

在我心中你永遠是第一。

殺豬聲

釘

有堡主這句話，我死而無憾。

你真好哄！太沒原則了。

依照約定，這箱賞金是你們得到的。

這些都是給我們的嗎？

天哪！很多錢咧！

發財啦！

發財啦！

你們在這兒盡興玩。

我和鐵盲公還有點事。

？

超羨慕

金 光 閃 閃

三位大哥幹啥呀！

想打什麼歪主意？

見者有份，分一點囉！

沒功勞也有苦勞唄！

有福同享嘛！

我為鐵堡拼死拼活，十幾年沒漲過半毛錢工資。

嗚 嗚 嗚

如今，全把好處給了一個外地人…

鐵釘拿酒來！

我也要敬這位"鐵堡英雄"！

英雄

喲 喲 喲

沒手沒腳的怎麼喝酒？

我可不欺負殘廢！

二十年

弟兄們都在慶祝，你還找我辦公呀？

嘩！ 嘩！ 嘩！

二齒魔已除，堡主應該開心點嘛！

今天在現場的狀況你都看清楚了嗎？

啊？

血劍刺入二齒魔，一陣狂風，什麼都看不清了！

你可知道血劍從二齒魔身上取出了一樣東西。

什麼？

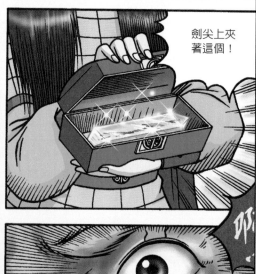

劍尖上夾著這個！

而且你應該要物歸原主。

物歸原主？

誰是這妖物的主人？

我。

那是我的左腿。

活寶！

快住手！

不可以傷害朋友！

她是誰？為何會有這種力量？

請聽我解釋！

她，不是人。

她？

那麼…

是鬼？

她不是鬼，她是人！

但是另一個她不是人。

我的意思是：她裡面還有一個不是人的她！

有懂了嗎？

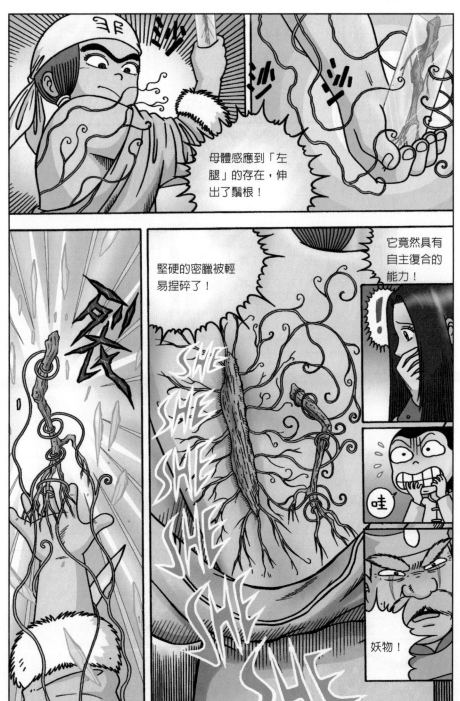

有沒有
搞錯？

被肢解受苦受
難的是我。

為什麼你不
關心我呢？

可是……為什
麼？祖師爺藏
匿的東西會出
現在兔子身上
呢？

你們家祖師爺和兔
子做了什麼蠢事，
我怎麼會知道？

嘿！這個兔子案件只有
唯一的證人知道真相！

證人？

誰？

這個證人就是……

二齒魔！

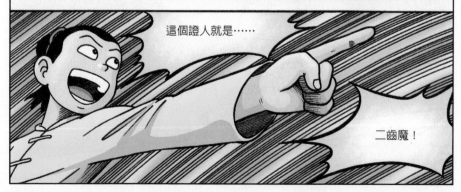

第 29 話

五老林的遺憾

貓奴透著不祥預感的瞳孔

孝敬你們嗎？

臭美！

呸

愈老愈不要臉皮

除非你們⋯⋯

除非我們怎樣？

除非你們

叫我一聲⋯⋯

師父

氣到吐血⋯

對！只要叫我一聲師父，就賞你們一個金元寶！

哇咧！

金元寶不見了！為何只剩下一隻喝醉的酒蟲？

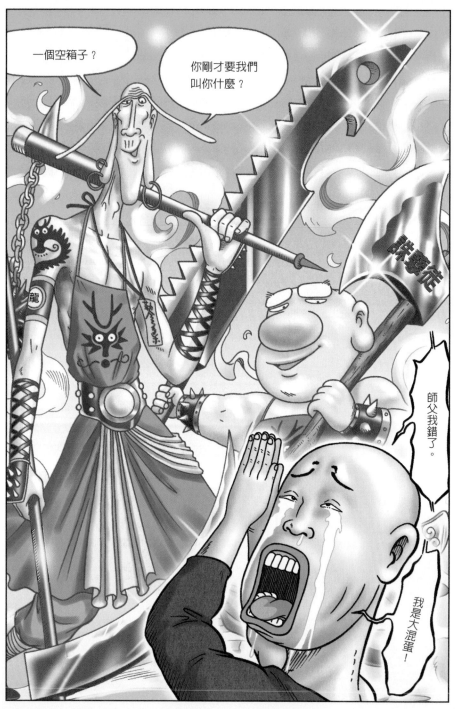

我要去把那一箱金子……

偉大的光頭哥哥。

你是我們鐵堡人民的英雄!

謝謝你打敗了二齒魔。

謝謝你拯救了鐵堡。

謝謝你捐那麼多錢給我們,我做了一個公仔送你。

噢!那些錢……

我是真的很欣賞你昨天的表現。

喔!

我的大英雄!

咱們在苦菊已經半個月，傷也痊癒，應該走人啦！

我想下山去找徒弟。

唉！自尋煩惱呀！你就是過不了清閒的日子。

那兩個搗蛋鬼常給你惹禍，現在見不著又想念了。

你真是犯賤！

艾寡婦給你吃香喝辣就樂不思蜀了嗎？

你才是豬頭豬腦豬肚子！

你在眾羊面前罵我是「豬」？

太不給我面子了！

是不是太久沒活動筋骨啦？

有什麼大不了！頂多把訂金還給人家嘛！

拿什麼還？全沒啦！

花光了

喷

喷

喂！你這什麼態度？難道錢是我獨吞了？

你……

可是帶來的十六個元寶，除了一個給了朱大，其它全都交給你保管了。

讓我想一想……

嗚

其中四個給艾寡婦修理打爛的屋頂。

哪要那麼多？

另外四個幫艾寡婦還了雜貨鋪的帳。

也不用花那麼多！

還有四個給艾寡婦的羊做了一個小屋子。

更沒花那麼多錢！

其它剩下的都在這半個月裡，被你吃補喝補用光光了。

誣賴到我頭上？我有那麼會吃嗎？

你這老油條，對艾寡婦這麼好，有什麼企圖……

BOW

看！有貓咪！

貓？

麻煩又來了。

真是過不了安靜的日子！

WA

EEEK

DON

嗯！味道好特別。

是五十年的老窖白酒？

應該是陳年二鍋頭。

有點騷味！也許是洋酒。

帥哥！那是驢子尿！

不可以見到月光的！

否則頭髮會掉光光。

以後就是「禿驢」了。

哇嗚啊！

唉！不開店也真無聊！

就是嘛！害我沒事就相思那個小光頭。

誰讓你們把門打開的？

快點關起來！

在任務沒有完成之前不准任何人進來！

大姐，這次任務也太遜了！

像他那種死樣子還能救得活嗎？

就是嘛！

看起來就像吃到剩下半個的螃蟹！

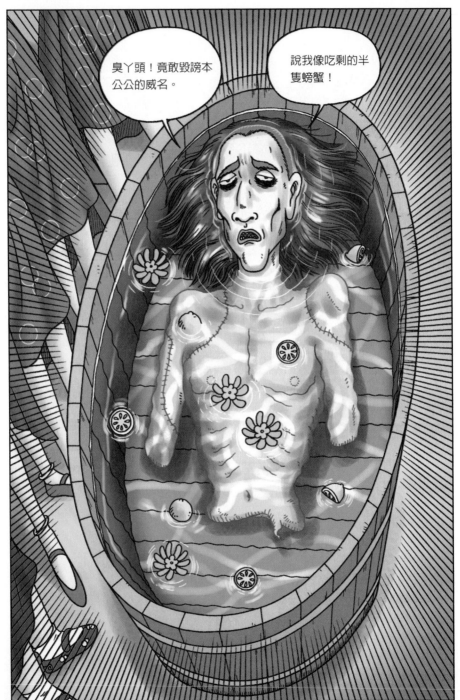

都已經這模樣了，還耍公公的威風！

算了吧！反正你本來就是個太監嘛！

公公！你真噁心！

要是我才不把澡盆子借給你泡。

只有馬臉才有這種勇氣。

馬臉？

還敢嫌嗎？

~哼~

嗚

要不是看你可憐，早就扔到馬桶裡沖掉了。

煉丹師把你從斷雲山救下來放到我店裡。

他滴了「聖水」保住你的性命。

並且囑咐我將你浸泡在祕製的丹汁裡七七四十九天，然後殖入「戰鬥機甲」。

第 30 話

刻出靈魂的木雕

神木村內遇高手，大師父慘敗吞眉

唔。

好大。

的確超級大。

哎呀！

看得扭到脖子啦！

你累不累呀？坐下來歇歇腳吧！

為什麼這兒的樹木都長的如此巨大？

所以這裡才被叫做「神木村」嘛！

唔，趕了三天的路。

肚子餓了。

咱們也就只能餓肚子了。

連最後那一點私房錢也用光了。

這都怪你亂花錢。

咐白!

你……你打我頭幹啥？

最近有個壞毛病，肚子餓了就想打人！

你到現在還在逃避現實！

哼!

還不都是你把錢全給了艾寡婦。

啪啪啪啪啪啪

我餓了

我餓了

哇!

悶騷的糟老頭！

就只會欺負我！

看來只有進村子裡再想辦法了。

喔！這個神木村的人很會搞木雕哪！

廢話！靠山吃山嘛！

靠你呢？

知道靠你吃什麼嗎？

吃什麼？

西北風。

阿喲！
歡迎光臨！

二位高僧要
買木雕嗎！

要達摩
祖師。

還是護法
天王。

要達摩
祖師。

十八羅漢也
很棒哦。

本店工廠
直營價格
公道。

而且送貨到府
不收搬運費。

我們不是來買
東西的。

那二位
是……

到本店來有
何指教。

咱倆沒了
路費，想
打工填填
肚子。

這塊木頭告訴我,你們帶來的痛苦。

它正在哭泣。

哭泣?

木頭會哭泣?

肚子夠餓了,還讓我們笑!

笑到不行啦!

那麼就由樹的靈魂來啓發你們吧!

哇啊

哇啊

喂！

兩個老頭在耍猴嗎？

剛才感覺自己被削皮了。

我被雕成碎片。

突然間降臨的痛苦。

難道只是一種幻覺？

那位牽著白虎的四小姐怎麼不見了？

人呢？

她？早就走了。

這是咱們倆
的雕像！

第 31 話

被禁錮的樹妖

眼前焦黑一片，寸草不生的詛咒

巨鼻聞到三里外的香味！
喔！
這是！
荷包蛋的味道！
能一次吃下七個!!
我的最愛！
我的荷包蛋
可悲.
呀
可悲
荷包蛋
荷包蛋
荷包蛋
可悲.
呀
可悲.

荷包蛋

我該怎麼辦？

廾何包蛋

天哪！
吃個蛋也要
折磨我嗎？

別理他。

快告訴我關於五老林的事。

這是一段悲慘往事。

這件事也徹底改變我的一生。

神木村千餘年來一直都以精緻木刻聞名，村裡有一家「大林館」，是首屈一指的木刻店，館主林天一更自豪於本身的工藝。

七年前……

林天一為了取得更好的材料，不惜打破禁忌闖入五老林。

取天下第一木材。

結果不幸引發了大火，那些千年古木整整燃燒了三十個晝夜，就連山腳下也能聽見老骨悚然的淒嚎聲。

就從大火之後的那一年開始……

有人見過是一個紅髮女妖帶走了他們。

大林館曾經去過五老林的十二個人。

接連地失蹤了!

村人都認為那是山神在報復貪婪的人類。

春卷的丈夫,

就是去過五老林十二人中最後的一位。

可憐的春卷,你就認命吧!

他們犯下了錯誤,就讓山神帶他走吧!

我不想守寡呀!

我要他活著!

而我……

我就是大林館主遺世的妻子。

有這種詭異的事?

連續失蹤十二個人!

可悲 呀 可悲

離奇!

你不覺得五老林非常不尋常……

要不要咱們先去探個究竟？

咦？
死老頭呢？

什麼時候溜掉的？

喂！你要去哪兒啊等等我呀！

好奇怪的怪老頭。

來匆匆，

一個比一個怪。

去也匆匆。

你的荷包蛋還沒做哪！

啊！對噢！
這個蛋……

等你忙完再來吃吧！

我……
我……

跟你一起混，倒了八輩子楣！

咕嚕叭嘰

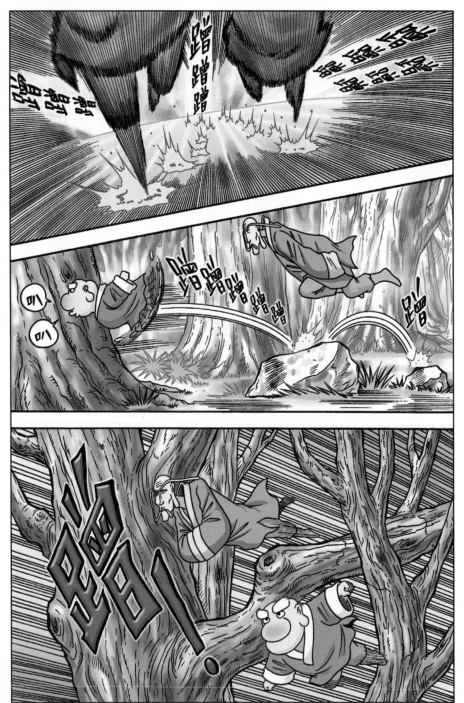

跑這麼快幹啥呀？

都不會肚子餓嗎？

半邊被燒毀的樹！

前面就是山林大火的現場了！

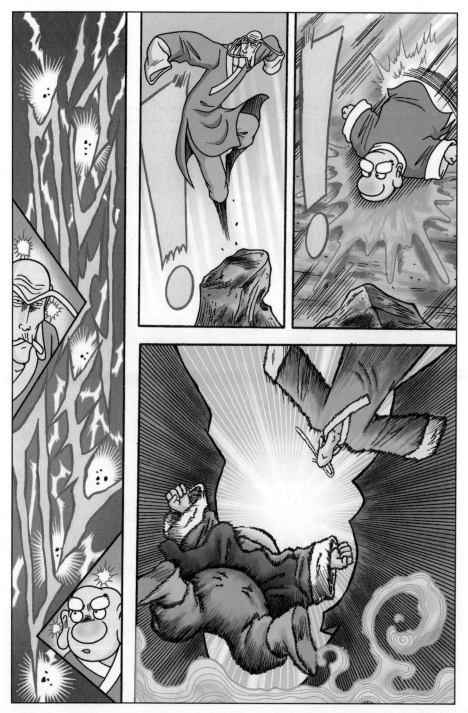

它們的樣子
彷彿是人類
痛苦扭曲的
身體……

而且所有
的姿勢都
是……

跪著！

對！「它們」
是人變的！

我不是春卷!別過來!

嗚!

你不是我老婆。

春卷沒有這麼大鼻子。

神木村春卷的老公!

你怎麼變成這樣了?

大林館十二個木雕師全被詛咒了。

我今天也一樣難逃劫數!

十二個木雕師!

全部都變成「木頭人」!

長眉！十二個木雕師全遇難啦！

別激動！

你還裝酷！遇上這種事能不激動嗎？

數數看！這裡一共是十三棵「木頭人」。

多出來的那一個，就是女妖的化身。

是嘛！

她在偷窺，多噁心哪！

十三個當中，哪一個是女妖？

咱們就把她逼出來！

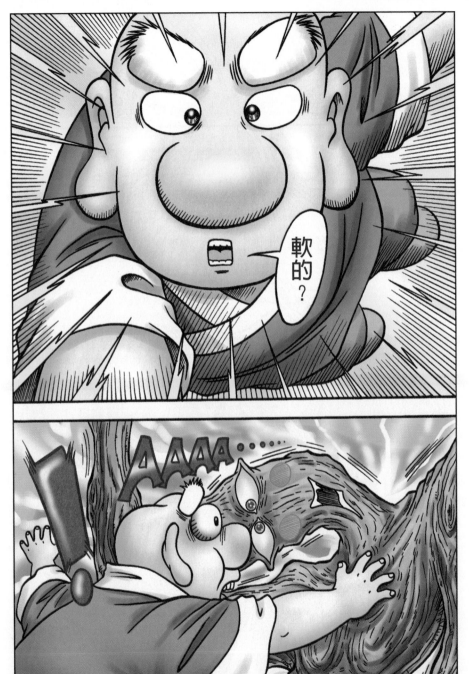

第 32 話

第十三個木頭人

穿透了胖師父不該伸出的右手

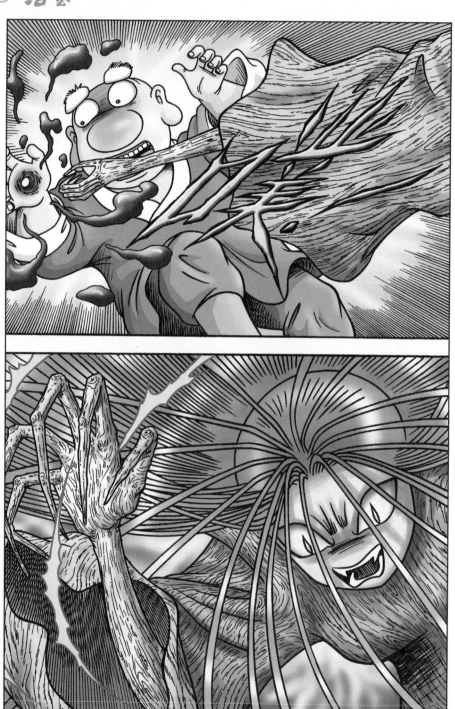

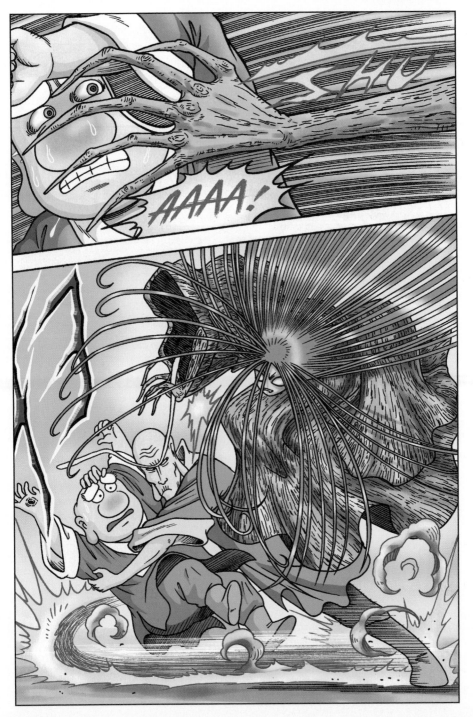

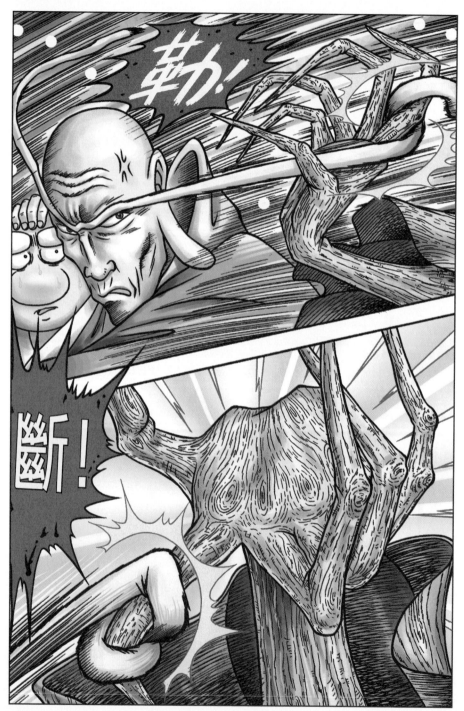

留在這兒等我回來。

要去哪裡？

不要丟下我一個人。

我會害怕。

我不喊痛了！

不痛

不痛

……

失去了蹤影。

大頭
你別動！

！

怎麼了？

你發現妖
…妖怪了
嗎？

在哪…
哪兒？

快告
訴我

你看到了
什麼？

慢慢的……

輕輕的……

把你的肥腳
移開……

呵呵

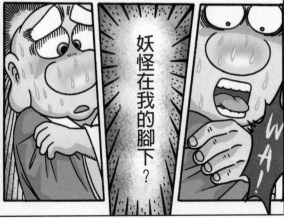

妖怪在我的腳下？

WA！

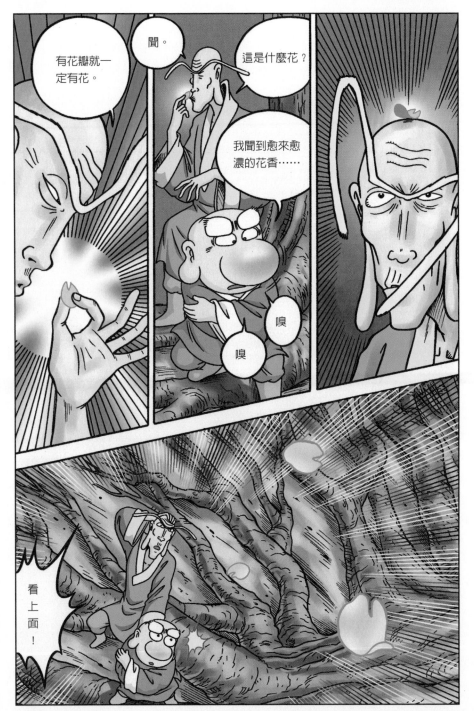

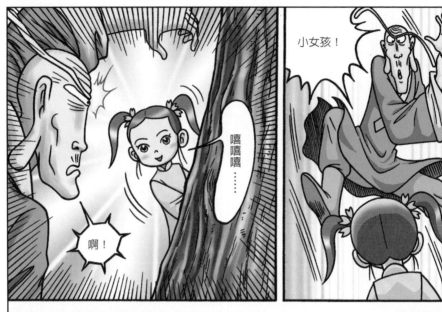

原來你躲在這種鬼地方練雕刻！

四小姐。

你們快去跟蹤！
查出他們到五老林
究竟在找什麼？

喔！

神木林的雕刻果然犀利！

大姐！五老林到了嗎？

拖著這鬼東西真累！

你們累啥呀？

這一路上都是我在拖的！

歡迎光臨！

夫人要買什麼木雕？

本店物美價廉！

我想問你有沒有……

本店木雕貨色齊全，應有盡有！

關公、濟公、周公、包公、壽星公……

若要訂做還可以送貨，服務到家。

我是問你有沒有見到過一男一女的兩個小孩？

呸！原來是不買木雕的問路客。

老闆。

我大姐問你話！快回答！

我的大妹子最討厭說謊的男人！

一旦被她發現男人對她說謊，她就會……

活活剝了他的皮！

老實點說！有沒有見過兩個小孩？

一個小女生和一個小男生？

絕對沒有見過陌生的小孩！

只見過兩個奇怪的老頭！

他們長得就跟那兩座雕像一模一樣……

什麼模樣的老頭子？

難道是他們？

果然沒錯！

就是烏龍院的長眉和大頭！

原來早就到了！

他們人呢？

應該是去五老林啦！

五　老　林

當年被山神詛咒的十二個雕刻師，都成了木頭人。

嗚嗚～

老公！你死得好慘哪！

春卷妹！你……你別亂抱！

你怎麼確定哪一棵是你老公？

啊！

哇咧！樹皮裂了……

剝！

萬一那棵是我老公呢？

你剝了我老公的皮呀！

以後……以後我該怎麼辦呢？

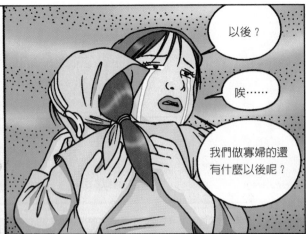

以後？

唉……

我們做寡婦的還有什麼以後呢？

姐妹們膽子也太小哩！

瞧！

我身上一點雞皮疙瘩都沒有！

喔！

那是……青春痘。

你全部擺在臉上了嘛！

2

ㄅㄨ～ㄨ～ㄅ

ㄨ～ㄅㄨ～ㄅ

林中傳來女人哭泣聲！

為何這女人的哭聲如此悲淒？

又在這種地方……

難道是……

嗚～嗚～嗚～

嗚～嗚～

你們幾個去前面看看是誰在哭……

人呢？被鬼抓走啦！

好樣的！沒一個有膽子！

你是大姐，你走前面。

要不然……

大姐先把林公公放出來。

對呀！反正他已經半人半鬼了。

這…… 可是……

煉丹師所指定的時辰還沒到，他還不夠成熟。

管他熟不熟的！

他那個樣子，連鬼看了都發毛！

對呀！放他出來嘛！

CON CON

別敲啦！我這就開鎖了！

CON

CON

悶死我也！

真夠噁心。

無法動彈！這是怎麼回事？

那也算是「機甲人」嗎？

根本是軟殼蝸牛！

煉丹師交待過你現在的肉身和機甲尚未密合。

所以戰鬥功能還有很大的局限。

我該怎麼做？

要如何控制這團「身體」？

他只說必須依靠你自己的意念！

用你的意念去操縱機甲。

手！

手伸出來！

哇咧！這幾個夾子就是我的手嗎？

林公公這樣比當太監還搞笑咧!

嘖!

就不能有些新鮮一點的嗎?

太遜了!

臭丫頭!

看扁了我林某!

集中意念!

集中意念!

小鳥。

小鳥。

喔!奇蹟!

像小鳥一樣飛了！

春卷，你別再哭啦！

先回村子裡再說吧！

咦？

什麼怪聲音？

現在的問題是……

已經放出來的林公公。

現在要怎麼辦？

裝不回去了！

而且已經被村婦看見。

哎……哎……四隻腳還真不好走路。

既然被迷信的村婦當成了山神，那就繼續裝神弄鬼唄！

在五老林仔細搜索，看看有沒有烏龍院兩個老頭的蹤跡。

長眉！

不可以……
不可以動粗。

得罪了！

我們馬上走
人。

烏龍院胖師被樹妖穿透的手居然長出根鬚，難道胖師父也會變成枯木嗎？究竟如何破解五老林的神祕詛咒，五老林的樹妖四小姐又和活寶有什麼關係？到底長眉大師父要怎麼做才能幫助胖師父並和兩個徒弟相會呢？另一方面，林公公大難不死又穿上了「戰鬥機甲」，他與葫蘆幫一行人還會耍出什麼花招來奪取活寶的正身？欲知詳情，敬請期待下一集烏龍院精采大長篇《活寶5》！

深刻地體會淺薄． 無言中感受知音

不苦堂

一張白紙，創作之母。
開始總是令人期待的。

一個故事在構思之
初，也許只是起緣於
一個小小的動機……

畫小雞。

愈想愈多，愈織愈密，想
到最後，難以控制！

雞大王　土雞星大帝
大力雞　雞蛋兵　鴨？
雞公子　鋼牙雞

充沛的想像力
創造了人類的
文明。

人類貪婪的野心
也阻礙了文明進步……

一年畫十本，
一本賺一億！

漫畫重於實踐，
不能光說不練。

開工囉！

經驗證明：第一篇第
一頁是最難畫的。

沉重

有時候怎麼畫都不順！

格子太小　臉蛋太歪
場景太小　姿勢太驢

在創作過程中還會發生許多變化……

主角太瘦！

全部重畫！

主編大人

為了要爭取舞台，再難、再累、再孤獨也得忍下去！忍！忍！忍！

但是殘酷退稿命運依然在等候……

又太胖了！

再改！

即使作品到肯定，也才只是挑戰的開始。

稿債的壓力——

工作日程
早上 3P
下午 4P
晚上 6
周日 10P
每月 15

健康的壓力——

人情的壓力——

自己給自己的壓力——

漫畫創作猶如一片深海，
其中有強，有弱，有美，有醜……
最最重要的是能勤奮不懈，
否則，只有被淘汰。

烏龍院 金指環

四格漫畫大賞紀實

比賽紀實

　　十五年前以《烏龍院》四格漫畫嶄露頭角的敖幼祥老師，漫畫作品紅遍兩岸三地，為了回饋廣大讀者的喜愛，今年三月特地與時報出版、喜豐文化等單位聯合舉辦「烏龍院金指環四格漫畫大賞」，希望鼓勵台灣的漫畫創作風氣，挖掘優秀的新世代漫畫人才。徵稿活動共收到全省各地數百件投稿，年齡層橫跨兒童、青少年至四十幾歲的青壯年，讀者不分男女老少都表示十分喜愛敖幼祥的《烏龍院》系列作品，《烏龍院》的漫畫是陪伴他們成長不可或缺的歡樂來源呢！

江山代有人才出！競爭激烈的初賽

　　「烏龍院金指環四格漫畫大賞」比賽分成兩個階段，初賽主題為「家有寵物」，參賽者以烏龍院師徒角色為主自由發揮，採通訊寄件參賽，原本為期兩個月的徵稿時間，應許多熱情讀者來電要求延後截止日期。最後一共收到四百餘件參賽作品，其中有五位優勝者從眾多競爭者中脫穎而出。

高手雲集！限時創作的漫畫格鬥大賽

　　入圍決賽的五名優勝者在六月二十五日參加了由敖老師公開命題、現場限時三十分鐘作畫的決賽，並由敖老師及阿推、李勉之、仇鵬欽等專業漫畫家擔任評審，堪稱正港的漫畫格鬥大賽。

　　當天現場抽出的比賽主題是「烏龍院師徒搭捷運」，阿推、李勉之、仇鵬欽三位老師先各自現場揮毫示範，敖老師也現場隨筆畫了好幾個逗趣表情的烏龍師徒，接下來就是讓各位參賽者在有限的時間裡盡情地發揮創意和才藝。

　　敖老師認為，四格漫畫是一種創意勝於技法的漫畫種類，也是這次比賽的選稿基準，只要有良好的創意，都能成為一幅幅的佳作。敖老師也希望藉由這次的活動來提升國內四格漫畫的創作風氣，發掘更多優秀的漫畫人才。

　　各位讀者朋友是不是也覺得手癢了呢？別再猶疑囉！快拿起筆來盡情創作吧！

▲參賽者與評審老師合影（由左至右）：李勉之老師、阿推老師、吳宥慧、廖于維、林佳勳、敖幼祥老師、曾玉衡、仇鵬欽老師、楊佩縈。

得獎作品

初賽主題為「家有寵物」，參賽者以烏龍院師徒角色自由發揮，採郵寄參賽方式。參賽作品須為彩色四格漫畫。而現場作畫的決賽主題為「烏龍院師徒搭捷運」，參賽者必須在短短三十分鐘之內構思、編劇完成黑白畫作，參賽者不但要有創意，也得有相當的實力才能脫穎而出。

第一名金指環優勝獎：

吳宥慧 女，24歲，台北人。畢業於北藝大美術系，她獲得了獨一無二的金指環大獎，並希望未來能夠以插畫為職業。

純金指環由敖老師親自設計，橙品金飾提供。

▲吳宥慧初選入圍的作品。

▲吳宥慧在決賽中獲得「金指環優勝獎」的作品。

第二名「下巴脫臼獎」：

曾玉銜 女，21歲，台北人。假日是淡水漁人碼頭的街頭畫家，短短三十分鐘內她的作品完成度令人驚艷。

曾玉銜初選入圍的作品。

曾玉銜的決賽得獎作品。

第三名「Orz創意獎」：

林佳勳 女，15歲，花蓮人。

林佳勳才剛剛要升上高一，她在小學
四年級時曾參與敖幼祥開設的漫畫創
作課程，一直非常喜歡「烏龍院」系
列作品。

林佳勳初選入圍的作品。

林佳勳決賽得獎的作品。

大師示範

初賽示範作品

敖老師（圖左）和蕭言中老師為了「金指環漫畫大賞」開跑而畫的現場示範作品，一樣是以初賽的「家有寵物」主題來發揮，短短十分鐘就畫好了一則四格漫畫，果然薑是老的辣呀！

◀ 敖老師示範的作品。

◀ 蕭言中老師示範的作品。

決賽示範作品

決賽評審阿推、李勉之、仇鵬欽三位老師於「金指環漫畫大賞」決賽現場揮毫示範「烏龍院師徒搭捷運」，各位老師也都是不到十分鐘之內就畫完了，開始喝茶吃點心，功力深厚不在話下，同學們要努力修練十幾年才能達到此一境界。

▲入圍決賽的五位參賽者必須在有限的時間裡發揮最大的創意，看他們有的振筆作畫，有的低頭苦思，不禁也跟著緊張起來。

▲敖老師的示範作品。
敖老師也隨手在空白的紙上塗鴉了起來，未完的對白和情節，各位讀者可以自行想像填空。

▲入圍者作畫的時候，四位評審老師也加入了腦力激盪的創作行列，各自描繪自己的烏龍院風格。

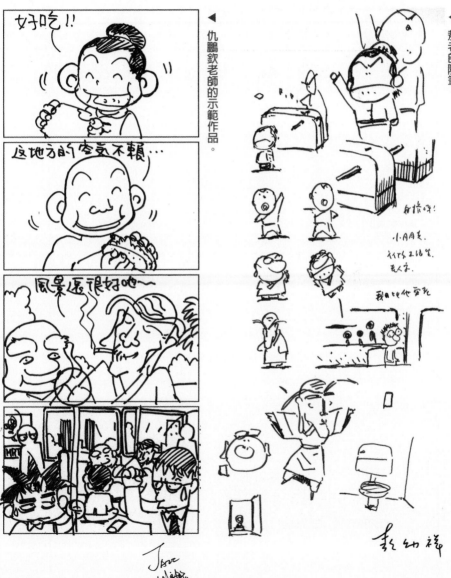

時報漫畫叢書 FT815

活寶4

作　　者──敖幼祥
主　　編──林怡君
編　　輯──何曼瑄
美術編輯──黃昶憲
執行企劃──李慧貞
董 事 長──趙政岷
總 經 理──
總 編 輯──余宜芳
出 版 者──時報文化出版企業股份有限公司
10803台北市和平西路三段二四○號四F
發行專線─(○二)二三○六─六八四二
讀者服務專線─○八○○─二三一─七○五
　　　　　　(○二)二三○四─七一○三
讀者服務傳真─(○二)二三○四─六八五八
郵撥─一九三四四七二四時報文化出版公司
信箱─台北郵政七九～九九信箱
時報悅讀網─http://www.readingtimes.com.tw
電子郵件信箱─liter@readingtimes.com.tw
法律顧問──理律法律事務所陳長文律師、李念祖律師
印　　刷──華展印刷有限公司
初版一刷──二○○六年七月二十四日
初版六刷──二○一六年七月一日
定　　價──新台幣二八○元

ISBN 957-13-4497-4
Printed in Taiwan

活寶 大集合！
大家一起來尋寶！

地址：10803 台北市和平西路三段 240 號 3 樓
讀者服務專線：0800-231-705・(02)2304-7103
讀者服務傳真：(02)2304-6858
郵撥：19344724 時報文化出版公司

時報出版

活寶大集合！
大家一起來尋寶！

活動辦法

烏龍院長篇漫畫《活寶》共計六冊，每冊書後都附有一張拼圖卡，只要剪下書後每冊限定的活寶拼圖截角，集滿六個截角，貼於『活寶大集合』拼圖卡寄回時報出版公司，您就有機會獲得烏龍院「活寶」限量版精美贈品喔！

活動獎項

第一重參加獎：
《活寶》特製尢仔標（有參加就有，送完為止呦！）

第二重特別獎：
1.敖幼祥手繪簽名板限量10名
2.大師兄限量公仔30名

時報文化出版公司保留贈品更動權力，實際贈品內容及活動時間以時報悅讀網公告為準。

http:www.readingtimes.com.tw

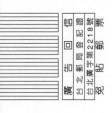

活寶 大集合！
大家一起來尋寶！

拼圖抽獎活動（記得填基本資料呦！）

姓名：		性別：	□男　□女
出生日期：　年　月　日	電話：		
e-mail：			
地址：			

黏貼處

黏貼處

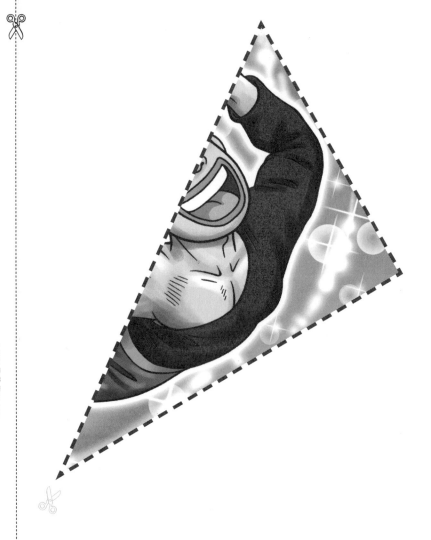

《活寶4》限定拼圖截角。

請沿虛線剪下，貼於左側拼圖卡上適當位置。
詳細活動辦法請見背面。